조약돌의 미소

강공원 시집

자·연·이·말·하·다

조약돌의 미소

강공원 지음

한국학술정보㈜

이 책을 펴냄에 있어 나의 생각과 나의 행동이 조약
돌같이 굳어 버렸다는 생각도 들지만, 지금까지 조약
돌처럼 굴러 온 내가 다시 무엇이 된다는 것이 어쩐
지 송구스럽고 자신에게 미안하다는 생각이 듭니다.
그동안 틈틈이 보고, 듣고, 생각한 바를 진솔하게 기
록해 두었던 시들을 모아 사랑하는 사람들과 대화의
장을 마련해 보고자 하는 데 시집을 펴내는 뜻이 있
다고 하겠습니다.
작은 소망 때문에 이리 구르고 저리 구르며 산골에
서 바닷가에 이르기까지 부서지고 깨지며, 바닷가에
도달한 조약돌. 이제는 조금은 한가롭고 편안한 마음
으로 지난날을 추억하며 이 책을 내가 사랑하는 모
든 독자들에게 전하고 싶습니다.

2009. 겨울의 어느 날
저자 온돌 강공원 올림

차례

두 잎 _ 열매는 다 같이 익지 않는다

 ### 네 잎_파문은 잔잔해짐을 전제로 한다

잎새마다 그리움이

흐르는 물은
골짜기를 탓하지 않습니다.
그저 흐름으로 골짜기를 깨끗하게 할 뿐입니다.

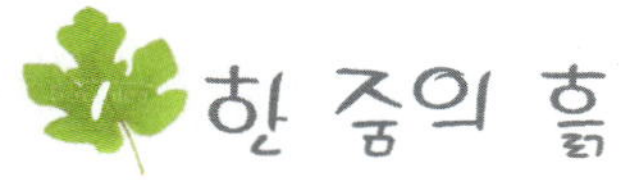

한 줌의 흙

한 줌의 흙
넌
도공의 손끝에서
빙글빙글 돌아가는 돌림판에서
도공의 땀을 받아먹고
도공의 한을 달래며
가슴 터지는
고통을 참아야 했다.

쇳덩이도 녹아 내는
가마 속에서
비취빛 가을 하늘을
꿈꾸며
그 뜨거운 불길을
이겨내야만 했다.

조상의 얼을 담은
승화된 예술을 위해
흙으로부터
탈출을 해야만 했다.

슬픈 미소

벚꽃이 노을빛 타고
눈처럼 휘날릴 때
나는 물기 젖은 가슴에
그리움이 목이 탄다.

벚꽃 눈 내리는
꽃그늘 아래서
추억은 샘물같이 솟아나는데
그대는 지금 무엇을 할까?

'낯선 사람과 어깨를 걸고
애달픈 미소 지으며
떨어진 꽃잎 밟고 있겠지?'

마음으로는 그날의
추억을 노래하면서…

3 공상

박꽃 피는
여름밤엔
벌거벗은
즐거움.

별빛 푸른
가을밤엔
귀뚜리소리에
밤새우고.

귀 시린
겨울밤엔
부엉이 노래에
애태우고.

꽃피는
봄밤이면
가슴 태우는
그리움

4 장미

빨간 그리움에
내 가슴 달아올라
6월의 넉넉한 햇살
송이송이 가득 안고
사랑 노래를 불러 본다.

갈증으로 메마른 가지
추워서 떨던 한겨울에
뉘라서 그 모습보고
눈길 한 번 주었던가?

인고의 세월 끝에
불태우는 열정 앞에
길손들은 황홀함에
발걸음을 멈춰 선다.

푸른 오월(5. 18.)

공원의 회전목마는
기쁨을 안고 도는데
우울한 역사는
지구의 슬픔을 안고 돈다.

해마다 오월이 오면
나목은 가지마다
푸른 꿈을 가득 안고,
들판을 흐르는 강물은
혼자서도 평화로운데
인간은 자연 속에 외롭다.

이 푸른 오월에
금남로는 핏빛으로 물들이고
저주의 벽을 넘지 못한 지성은
사랑하는 어버이 가슴에 못을 박고
살아남은 친구의 가슴에
근조의 훈장을 달았다.

다시 돌아오는 오월에는
거울 앞에서도 부끄럼 없는
먼지 낀 사상의 옷을 벗고
야멸친 우리들의 가슴에
꽃들의 정령으로 평화를 채우자.

오월의 길

5월의 들길 향기롭다.
정겹고 다정한 풀꽃들
'풍년초, 쑥부쟁이, 달래, 머느리발톱…'

하늘엔 뭉게구름 피어나고
울타리의 덩굴장미는
향기로만 말을 한다.

추억이 잎새에 묻어나는
푸른 5월!
곳곳마다 사랑이 움트고
그걸 깨닫는 사람은
조용히 휘파람만 분다.

작은 풀잎 끝에
꽃 한 송이 달고도
부끄럼 없는 풀들은
하루 종일 행복하다.

이런 날에는
가난한 이웃을 위해
따뜻한 손길을 내밀자.
오월의 들길
꽃들이 은어처럼 싱싱하다.

내 창에

코스모스 가는 허리에
가을이 깊어지면
먼지 낀 내 창에도
파란 길이 열린다.

앞산의 푸르름
저 멀리 멀어져 가고
저녁노을로 물든
설익은 단풍잎
밀물처럼 다가온다.

높고 푸른 하늘에
고추잠자리 날 때면
메말랐던 내 가슴에
그리움이 솟는다.

 낙서

낙엽이 떨어집니다.
파문을 일으키며
떨어지던 낙엽이
다시 공중으로 치솟더니
아스팔트로 곤두박질합니다.

친구가 그리워집니다.
죽마 타고 놀던
고향 친구가 그리워집니다.
달 밝은 가을 밤
내 손을 꼭 잡아주던
그녀가 정말 보고 싶어집니다.

귀뚜라미 노래가 슬퍼집니다.
점점 가까이 들려오는
그 처연한 노래가
왠지 쓸쓸하여 눈물이 납니다.

낙엽 타는 연기가 싫어집니다.
모락모락 피어오르는 연기 속에
내 짧은 한 해가 사라져 갑니다.
이루지 못한 일을 안타까움으로
남겨 두고,
한 해가 그렇게 사라져 갑니다.

창가에서

창문을 열고
앞뜰을 내려다보니,
가을비에 젖은 단풍잎이
한 잎 두 잎 떨어지고 있다.

무심코 흘러 보낸
지난여름이 아쉬운데
후박나무 갈색 잎이
물기에 젖어 파르르 떤다.

로댕의 생각하는 사람은
비를 맞고 사색에 잠겨 있는데
나는 우수에 젖어
가을 속으로 빠져든다.

가을 숲

가을 숲에 들어서면
심연의 그리움이
안개비 되어 휘날린다.

나무는 주는 기쁨으로
옷을 벗지만,
나는 찾는 욕심으로
가슴을 앓는다.

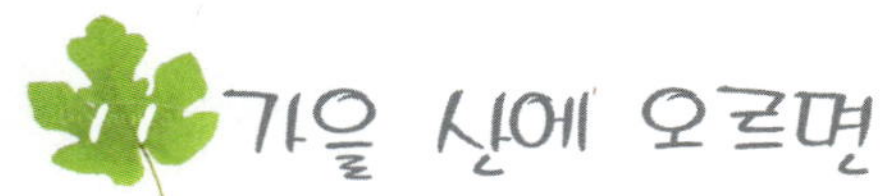

가을 산에 오르면

가을 산에
혼자 오르면
눈물이 난다.
추억의 눈물
이별의 눈물
그리고
사랑의 눈물

홍엽으로 불타는
나뭇잎 사이로
시간이 화살처럼 지나간다.

밤으로 가는
열차엔
정겨운 고향이 보이지만,
낮으로 가는
태양의 열차엔
삶의 투쟁과 갈등만 보인다.

12 계절의 역

가을걷이 늦바람이
꽃밭으로 밀려오면
한여름을 치장하던
꽃들은 씨앗 속에 꿈을 담고
귀 시린 빗방울에 몸이 시리다.

해묵은 감나무 가지 끝
까치밥 홍시가 졸고
빛발엔 나뭇잎
뚝뚝 떨어질 때면
한 해의 꿈은 사라지고
대지의 맥박도 힘없이 무너진다.

이미 가 버린 사람은
다시 올 수 없어
구르는 낙엽을 밟으며,
휘파람을 불어 보지만
이미 지쳐 버린 여름을 보며
또다시
찬란한 봄을 기다린다.

13 시월의 여행

하늘은 끝없는
가슴을 열고
숲 속엔
작은 길이
조금씩 조금씩
열리기 시작했다.

공해를 쓸어내던
공장 옆 느티나무는
이번만큼은
가슴을 활짝 열고
심호흡을 할 수 있었다.

이 풍요로운 가을에
내가 뿌린 씨앗은
어느 곳에서
여물어 가고 있을까?

텃밭의 빨간 고추는
또 한 해가 지나감을
또박또박 적고 있다.

# 가을의 소묘

그 푸른 하늘에
회백색 안타까움
가득 채워 놓고
태양은 구름 뒤에서
혁명을 꿈꾼다.

꽃피는 만남의 기쁨
낙엽으로 지워버린
이별의 가슴앓이.

억새꽃 하얀 머리 위에
가을밤은 깊어가고
마음의 창이 어두워
반짝이는 별을 볼 수 없다.

갈대 숲 합창 속에
비비새는 혼자다.

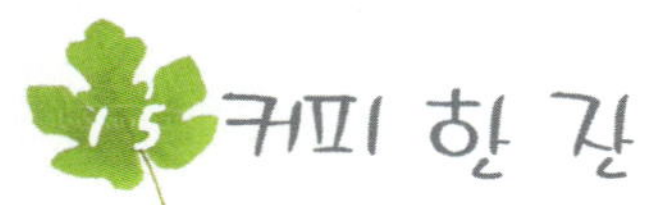

커피 한 잔

한 잔의 커피 속에는
남극의 태양이 빛난다.

한 잔의 커피 속에는
삼바 춤이 어른거린다.

함박눈 내리는
창가에 앉아
커피 잔 속을 들여다보면
뜨거운 남극의 태양이 보이고
가슴 큰 삼바 춤의 아가씨 어른거린다.

시냇물이 바다를 채우듯이
한 잔의 커피가 온몸을 채운다.

16 마음의 변

당신의 목소리를 들으면
내 마음은
민들레 꽃씨 되어
하늘을 날지만,
당신의 젖은 눈빛을 보면
난 사시나무가 됩니다.

당신의 마음에 사랑 하나
가득 채울 수만 있다면
내 마음 모두 가져가도 좋아요.

색안경으로 돌아보면
순수는 사라져 버리고
등 뒤로 날아드는
검은 구름만 보입니다.

마음의 강

명주실 한 타래
다 풀어 넣어도
그 깊이 그 넓이
잴 수 없는 강

밖으로 뜨는 달
안으로 지는 해
영원히 알 수 없는
전설 같은 강

하늘 아래
사랑 사랑 사랑
오직 그것뿐.

18 이별이란

강물 속 노을처럼
찬란한 그리움이
거울 속 허상 앞에
다시 피는 흑장미.

이슬 같은 생각들이
바람 속에 떠돌다가
달빛 내린 뜰에
서릿발로 피는 꽃.

평행선

다가가면 물러서고
물러서면 다가오고
바람 불어 좋은 날엔
출렁이는 파도가 된다.
그대와 나는
밀물과 썰물로 서서
마주 보며 손 흔들며
추억 만들기.

당기면 밀려가고
밀면 당기는
공통분모 찾지 못해
바라보며 미소 짓는
평행선의 고독.

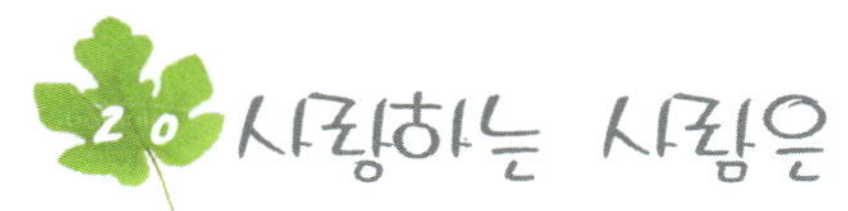 

사랑하는 사람은

사랑하는 사람은
눈으로 말한다.

그저
바라만 보아도
넉넉한 사람들

앉아 있어도
누워 있어도
세상은 아름답고
그들만을 위해 존재하는 것.

그대 안에 내가 있고
내 안에 그대 있음에
시간의 존재도 잊은 채
세상이 모두 무지갯빛이 된다.

일숙이에게

김해의 궂은 안개
비행기 묶어놓니
한 장 남은 기차표가
사제의 정 신고 왔네.
만남의 광장 롯데리아에
정시에 도착하니
기쁨은 배가되어
얼싸안고 웃었네.

원탁에 마주 앉아
옛 추억 이야기할 때
출렁이는 맥주잔에
동심이 꽃 피었네.

흘러간 20년 세월
역경도 많았지만
배우고 익힌 대로
큰 나무로 잘랐으니,
이제는 늘 푸른 마음에
사랑으로 남거라.

22 바가지

아내의 바가지 타령이
집 안에 가득하면
나는 쓸쓸하다 못 해 우울해진다.

바가지 긁는 소리가
가슴으로 파고들면
심장은 제 정신을 잃고
마른 주먹엔 땀이 괸다.

심장이 약한 나는
아내의 정당한 바가지 노래를
고요히 들을 수가 없어
허공에 동그라미 그리며
조상들의 이름을 불러본다.

바가지 노래 막는 유일한 방법
나의 부족함을
조상의 탓으로 돌려놓는
불효를 범하는 길밖에 없다.

낙서2

가을 햇볕이 따갑습니다.
그 볕을 받아
연둣빛 콩꼬투리가
노릇노릇 익어갑니다.

장독대 봉숭아 가슴을 열고
오솔길 들국화가 향기를 뿜으면
저녁 바닷가 빨갛게 타오릅니다.

갈대가 바람에 흔들립니다.
하얀 머리카락 풀어헤치고
누런 치맛자락 휘날립니다.

개개비가 목 놓아 웁니다.
겨울이 다가옴이 두렵나 봅니다.

 낮추기

태양의 밝음은 영원하지만
수시로 찾아오는 욕망의 구름은
작은 바람에도 흔들린다.

삶이란
나를 낮추고 너를 높이면,
세상은 한층 더 아름답고
욕망의 구름을 벗어 던지면
세상은 밝음으로 가득 차리라.

25 당신

냄새인들 못 참으랴
답답함인들 못 참으랴
택해 주신 고마움에
분신으로 따르면서
날마다 낡아가도
불평 없는 수도자.

당신의 뜻이라면
어디라도 함께하는
택해 주신 그 사랑
한결같은 고마움에
함께만 있어 주면
당신은 나의 행복.

 겨울비

가슴으로 파고드는
첫 사랑의 슬픔 하나
선연히 떠오르는
눈물 먹은 그믐달.

겨울비 눈물 되어
심장으로 파고들면
그날에 세레나데
빗물 되어 흐른다.

우산 밖에 겨울비 내리고,
우산 속엔 여름비가
그칠 줄을 모른다.

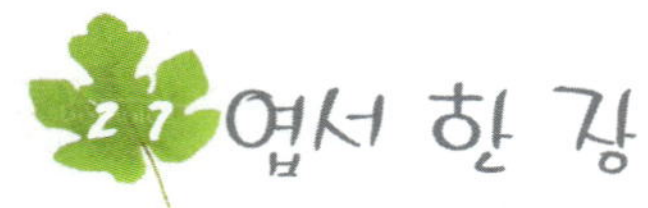

27 엽서 한 장

하얀 눈
세상에 가득하던 날
소녀의 성탄 카드엔
감사의 정이 가득했다.

무우청 푸른 마음
이슬 같은 고운 눈빛
연분홍 그리움이
새록새록 돋아났다.

또박또박 적은 사연
근심 걱정 하나 없고
세상에 나쁜 이야기는
찾아볼 수 없었다.

고운 말 예쁜 말
정감 넘치는 언어들이
하나하나 시가 되어
내 가슴에 날아와 앉는다.

 **28 자격증**

가축의 방언을
알아들을 수 있는 농부는
이미 수의사의 자격증을
가지고 있는 사람이다.

푸른 솔잎을 보고도
봄을 알지 못한 아가씨는
봄을 기다리다 봄이 끝나리.

민중의 방언을 듣지 못하는
정치는 메아리 없는 숲으로
그저 겉만 푸르고 속은 이미 썩어
악취만 풍긴다.

무심

회색빛 아스팔트길에
수시로 쏟아지는
낙엽 같은 광고지는
욕망을 가득 싣고
주인을 찾아 헤맨다.

밤은
노동자의 무거운 어깨 위에
물먹은 솜으로
퇴색되어 흘러내리고
깨진 가로등 산란된 불빛 속에
허리 굽은 고목나무 잎새가
파르르 떨고 있다.

세월은 가는데…

30 풍물 시장

고층 빌딩 숲 사이에
풍물 시장 열리면
고향 떠난 사람들은
운동회날 아이들처럼
신이 나서 모여든다.

와글와글 버글버글
그 난장 바닥에서도
고향 사람 목소리를 알 수 있어
헤집고 찾아가 정담 나눈다.

배란다. 된장 고추장 옛 맛을 잃고
백화점 된장 고추장 빛깔 고아도
고향맛 아니 나 찾아온 풍물 시장
고향 음식 고향 말씨 너무 반가워
와글와글하다가 해가 저문다.

열매는 다 함께 익지 않는다

똑같은 계절에
똑같은 나무에서
꽃을 피우지만
열매는 다 함께 익지 않는다.

석별

나무는 다 자람이 없기에
봄마다 새로 피어나지만
선생님의 성장 뒤엔
완숙함이 있으시기에
인자함이 넘칩니다.

인생의 구비마다
지혜로 뛰어넘어
당신의 뜻을 따라
걸어온 외길 40년
그래도 이룸의 끝이 없기에
아쉬움만 남습니다.

주름살 늘어가고 머리카락 세어져도
마음은 송죽 닮아 푸름이 더합니다.
어려움은 덜어내고
부족함은 채워 주시던
숭고한 그 사랑 오래 간직하오리다.

이제 아쉬움은 추억 속에 묻어 두고
석별의 시간 앞에 가슴이 아프지만
한 단계 높은 삶을 위해
새 출발을 하소서.
송죽 같은 늘 푸른 마음으로
부디 건강하옵소서.

 **벽 쌓기**

미움이 보기 싫어 벽을 쌓았다.
짝사랑이 싫어서 또 벽을 쌓았다.
그런데
벽을 쌓아도 눈을 감아도
그녀는 내 가슴에 있었다.

사랑과 미움은
떠나보낼 수 없는
또 하나의 나다.

벽을 쌓으면
벽을 넘어오고
눈을 감으면
마음으로 돌아오는
미움과 짝사랑은
또 하나의 나다.

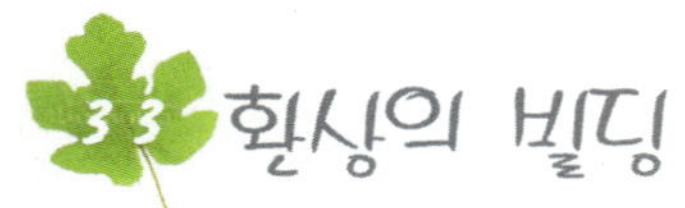

환상의 빌딩

내 환상의 빌딩 공사는
아직도 제자리걸음인데
부실 공사장에
모래바람까지 불어와
나는 갈피를 잡지 못한다.

기초 공사가 잘못된
나의 환상의 빌딩

나의 무능력은
아내의 한숨이 되고
나의 미숙한 초보운전은
수시로 접촉 사고를 낸다.

다시 시공할 수 없는
모래밭 위에 세워진 빌딩
무너뜨리고 재건축하기엔
뜨거운 모래바람이
너무 거세다.

 34 떠난 이후

당신만큼은
못 하더라도
나도 당신처럼
이렇게 살아가고 있습니다.

산다는 것은
보람을 얻기 위한 작은 소망
잠시도 멈추지 않는
투쟁인지도 모르겠습니다.

멀리 뵈는
당신 삶은 행복이지만,
당신을 떠나보낸
나의 삶은 고독입니다.

당신이 기쁨을 노래할 때
나는 슬픔의 고독을 맛봅니다.

당신이 떠난 이후.

파괴된 자유

에덴의 동산에서부터
자유이고 싶은 인간은
하나님과 약속을 어기고
탐욕의 자유를 얻었다.

탐욕의 자유는
참자유를 파괴하고
욕망의 굴레를 씌워
피비린내 나는
투쟁의 역사를 만들어 냈다.

지금도
참자유를 깨닫지 못한 인간은
나만의 자유를 위해
수단과 방법을 가리지 않고
새로운 자유를 갈망하고 있다.

 36 소금

바다에 있어야 할 이유도 있었지만
내가 있어야 할 곳이
바다가 아니라는 것을 알았습니다.

장렬한 태양이
내 가슴을 불태우던 날
나는
새로운 변신을 결심했습니다.

눈이 시리도록
파란 바다 평화를 버리고
썩음을 막아야 한다는 소망 때문에
타는 갈증을 참아 내야만 했습니다.

지금은 검은 독 안에서
푸른 바다를 그리워하지만
나를 필요한 손길을 기다리며
침묵의 나날을 보내고 있습니다.

37 깃발

그때
나는 솔잎 사이로 빠져나가는
파란 바람을 보고 있었다.

빗살무늬로 새어 나온 햇살은
저녁 바다에 붉은 휘장을 내리고
호주머니 속 땀 젖은 호두 하나가
반쪽의 자유를 찾고 있었다.

낙화하는 무수한 낙엽들은
골짜기로 곤두박질치고.
대포 소리에도 끄떡없던
장대 끝에 매달린 깃발이
다시 소리 없는 아우성을
지르고 있었다.

38 단절

왕 대쪽 갈라지는
조각난 인연이라.

한 가닥 남은 정을
마음에서 마음으로
전할 수도 있으련만

빈 수레 자갈밭 가듯
깨진 소리 들려옴은

손발 시린

이 추운 날에
마음까지 춥습니다.

39 희망 유보

내 몫은 보이지 않아도
가을 들판에 서면
마음에 포만감을 느낍니다.

때늦은 후회 속에
어머니 눈물 고이시는
부족한 나의 삶은
겨울나무같이 허허로워도
봄 꾸는 나목처럼
내 희망은 아직 유보다.

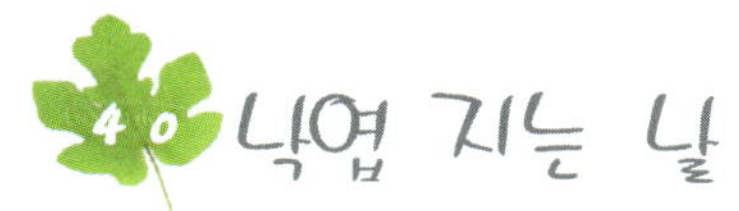 

40 낙엽 지는 날

그대를 생각하면
가슴이 뜨거워진다.
그 일을 생각하면
미소가 번진다.

코스모스 향기로운
고향 오솔길
해질녘 함께 걸으며
종알대던 인생 이야기
지금은 꿈속인양
그리움만 남는다.

41 탄생

황홀한 핏방울
단 한 번의 아픔
시월의 침묵
진통의 몸부림
열리는 세상
탄생의 기쁨.

철새는
처음부터 보금자리가 없었다.
무우청 푸른 바다에서
무리지어 노닐다가
지축의 흔들림에 놀라
깃털 몇 개 떨어뜨리고,
하늘 높이 치솟아 올랐다.

돌아온다는 기약도 없이
까만 무리들 틈에 끼어
새로운 탈출을 다짐하며
낯선 구름 위를 날고 있었다.

가야 할 곳이 어디인지
멈추어야 할 곳이 어디인지
아무도 가르쳐 주지 않아서,
무리들에서 이탈할 수밖에 없었다.

소금기 젖은 날개가 너무 무거워
또 다른
푸른 바다를 찾아서…

43 겨울나무

겨울나무가 들판에 서 있는 것은
아낌없는 주고 싶음 때문이다.
길 잃은 아기 새, 날개 찢긴 어미 새
쉼터가 되어 주고 싶음 때문이다.
소홀이 할 수 없는 사랑 때문이다.

긴 겨울
눈보라 북서풍 혼자 이겨내며
고독을 독백으로 시를 읊으며
아직도 해야 할 일이 많아
나무는
거기에 그렇게 서는 거다.

눈보라 휘몰아치는
허허로운 벌판에서
나무는
너그러운 마음으로
나그네의 쉼터가 되어 주는 거다.

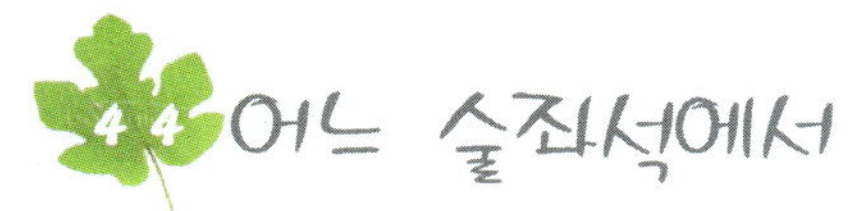

44 어느 술좌석에서

그의 눈가에는
잔잔한 미소가 번지고
술잔에 부딪치는 입술은
조홍감처럼 익어 가고 있었다.

산자락 끝에
어두움이 밀려오고
피로에 지친 나는
눌 자리를 찾지 못했다.

돌아가야 할 시간이 멈추고
술잔 속에 익어 가는 화술에
나는
안절부절 일어날 수가 없었다.

그의 달변 앞에
나의 외로움은 되살아나고
나는
부정도 긍정도 아닌
그래, 그래만
반복하고 있었다.

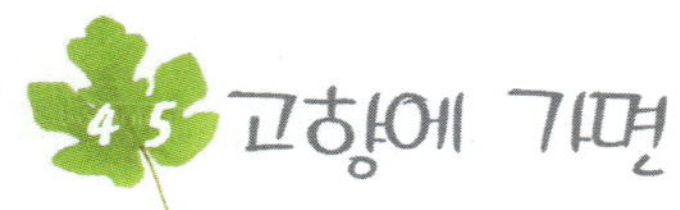

45 고향에 가면

고향에 가면
문전옥답 잡초에 묻혀
허허로움 가득하지만
그래도 정감 넘치는
아늑함이 있어 좋다.

학교 가던 오솔길엔
억새풀 가득하고
뒷동산 놀이터는
잡목 숲으로 변했어도
시냇물 맑은 속에
눈에 밟히는 옛 친구.

지금도 고향에 가면
그날 소리가 들린다.
성황당 바위굴에선
휘파람소리가 들리고,
당산나무 고목에선
개구쟁이 웃음소리가 들린다.

 철쭉

그 작은
질 그릇 안에
말라붙은 가지
죽은 줄만 알았는데…

연분홍 송이송이
봄은 가는데
문틈으로 내다뵈는
부끄러운 황홀.

47 모른다고 한다

개구리는 배불뚝이
올챙이를 모른다고 한다.
꿀을 빠는 노랑나비는
배추벌레를 모른다고 한다.
여름을 노래하는 매미도
굼벵이를 모른다고 한다.
심지어 피를 빨아먹는 모기마저
웅덩이의 장구벌레를 모른다고 한다.

이래서 세상은
요지경이 아니겠는가?

해질녘 풍경

조용한 갈대숲에
찾아드는 물새 떼
어부는 아는 듯 모르는 듯
눈 길 한 번 주지 않고
어창에 가득한
생선에만 눈이 간다.

그을린 얼굴에
행복감이 넘쳐나는데
석양은
고추장 빛보다 더 붉은
바다의 이불을 덮고
콧등만 내놓고 웃고 있었다.

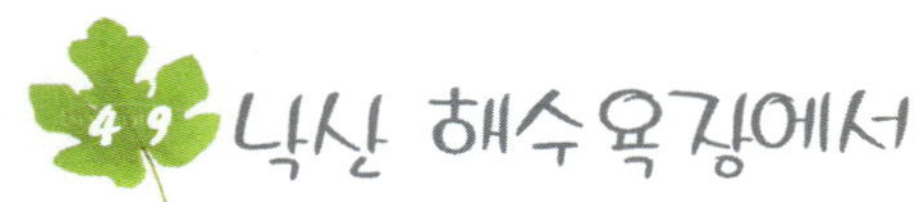

낙산 해수욕장에서

별까지 숨어 버린
칠흑 같은 밤
바람은 살을 에듯
가슴으로 파고들고
파도는 방파제를 후려치고 간다.

검은 바다에서
나타났다 사라지고
사라졌다 나타나는
집착의 허무함을
확인시켜 주고 돌아가는
파도, 파도, 파도.

바람은 바다를 깨워
파도를 일으키고
파도는
그 부서짐으로
나의 잔상을 깨운다.

연가

당신의 돌아섬은
수월하게 넘나드는
백사장의 파도.

당신의 돌아옴은
결박을 풀어내는
이도령의 마패.

사랑은 받아서 배가되고
사랑은 주어서 곱이 된다.

# 비 오는 날

세월의 옷자락엔
돌이킬 수 없는 추억이 있습니다.
결실 없는 땀의 흔적도 있습니다.

허황된 꿈같은 건
생각지도 않고
땀 흘린 노력으로
살아왔는데

안타깝고 후회스런 일이
세상의 변두리로 밀려 나가면
한줄기 소나기가 쏟아집니다.

삶의 진리를 찾아
방황하던 세월
잿빛 하늘가 혼자 헤매다
백사장 모래밭 혼자 헤매다
달빛 어린 창가에 다시 돌아와
꺾지 못한 붓대를 잡아 봅니다.

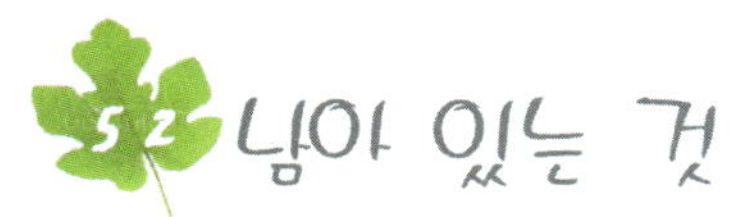

남아 있는 것

아무리 눈을 감아도
보이는 게 있습니다.
아무리 긴 편지를 써도
다 쓰지 못한 사연이 있습니다.

지금 이 순간
가슴 깊이 타오르는
또 하나의 등불
날개 달고 달려가는
나의 첫사랑

타다 남은 불씨같이 미미하지만
무지갯빛 추억으로 남아 있어요.

내가 먼저 사랑의 씨앗 심으면
당신은 나의 작은 꽃밭이 되고

내가 먼저 잔잔한 미소를 띠면
당신의 얼굴은 함박꽃이 피고

내가 먼저 물기 젖은 손잡을 때
당신의 가슴이 뜨거워지고

내가 먼저 뜨거운 포옹할 때
당신은 감격의 눈물을 흘립니다.

 54 충주호에서

화가인들 그리랴
시인들 적으랴
물보라 갑판 위에
쏟아지는 빗방울.

굽이도는 절경 따라
환호성 연발하며
태고의 신비에 젖어
가슴 뭉클 어찌하랴.

강 언덕 모래톱은
신비로움 자체인데
영겁을 지고 사는
기기묘묘한 바위 틈새
비에 젖은 소나무들.

산골마다 피어나는
흰 구름이 장관일세.

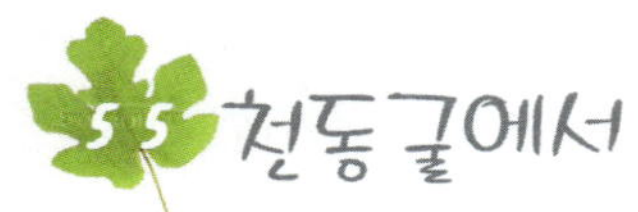

55 천동굴에서

만지면 터질 듯
입김에 녹아날 듯
석화의 아름다움에
눈길 발길 멈춘다.

장대한 돌고드름
삼복엔들 녹으랴
억만년에 이른 예술
조각가가 어찌하랴
창조주의 위대함에
조용히 고개 숙이고
세상일 다 잊고
동심으로 두 손 모은다.

솥태즙 술잔을 부어 둡니다.
원인도 없이 슬퍼지는 군중 속에서
머릿속은 텅텅 비어 허공 같은데
딱딱한 유리잔 속에 세월이 갑니다.

안개 낀 거울 속 들여다보면
지난날 내 모습은 보이지 않고
산마루로 달려가는 그믐달같이
주름살이 한두 줄 늘어갑니다.

저 멀리 보이는 소년과 노인
목청 놓아 소년을 불러 보지만
소년은 표정 없이 사라져 가고
머리카락 흰 노인이 손짓합니다.

비선대에서

비선대 반석에 앉아 있으니,
바위틈 단풍잎에 눈이 취하고
시리게 흘러가는 계곡 물소리.

산비탈 감고 도는 구름 속에선
가냘프게 들려오는 배쫑새소리.

흘러가는 계곡물에 조각배에
맑은 물 맑은 공기 한 배 가득 실어
사랑하는 당신에게 보내고 싶소.

살다가 보면

괜히 미운 사람이 있다
버스 안에서
나이 드신 분이 타시면
잠자는 척 눈을 감는 사람.

괜히 미운 사람이 있다.
새파란 나이에
담배 꼬나물고 흘금흘금
옆 사람 째려보는 청소년.

5월이여

아,
오월이여,
꽃바람 살포시
금남로에 내려오면
아카시아 한 잎 두 잎
임 그리워 떨어지네.

망월동에 내리는 비
철쭉으로 환생하면
흰빛으로 나부끼는
가신 님 붉은 옷자락이,
고개 죽인 마음마다
눈물로 젖어 오네.

팽이

넘어지면 끝난다 하기에
한번쯤은 바로 서고 싶어
휘두르는 채찍 앞에서
작은 몸 일으켜 바로 세운다.

내려치지 않으면 모로 가는 세상
동쪽으로도 서쪽으로도
혼자 갈 수가 없어서
어지럽게 취해 제자리에서만 빙글거린다.

중심을 잡고 선다는 것이
도무지 쉽지가 않아서
맞으면 맞을수록
바로 서기를 다짐하며
서러운 노래를 부른다.

좀 더 강하게 좀 더 빠르게
채찍을 따라 돌다 보면
하늘이 노랗고 세상이 노랗게 보이지만
하나의 예술로 바로 서기를 다진다.

마음속에 핀 들꽃

이름 없이 척박한 땅에서 피는 꽃

누가 보아 주지 않아도

누가 불러 주지 않아도

제자리 지키며

향기를 잃지 않는 들꽃

들꽃이 좋다.

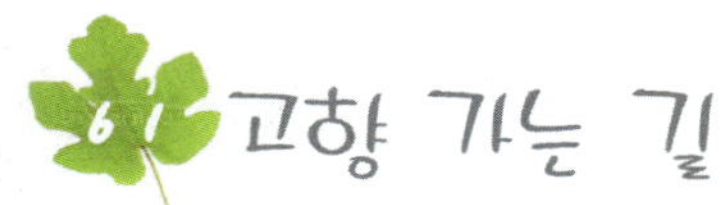

고향 가는 길

한 노인이 길을 물었다.
"얘야,
고향 가는 길이 어디냐?"
망설이던 소년이 대답했다.
"할아버지 고향엔
달이 뜨나요?"

노인은 소년의 손을
덥석 잡았다.

노인의 눈에도
소년의 눈에도
고향의 하늘에 뜬
둥근 보름달이 보였다.

62 날개

날개가 있어야 날 수 있다고 하기에
어깨 겨드랑이를 수없이 문질렀다.
이미 날개가 돋은 새들은
창공으로 날아가고
날개가 돋아나지 않은 나는
새들을 따라갈 수가 없었다.

새들은 어디로 날아가는 걸까
나만 모르는 새들의 세상
내가 날 수 없다는 것을
새들이 날아간 후에야
하나의 헛된 꿈임을 나는 알았다.

날개— 날개— 날개—
나에게는 날 수 있는
그 가벼운 날개가 없다는 거야.

63 사랑은

사랑은
눈빛으로 씨를 뿌려
마음 밭에 가꾸다가
밀어로 꽃을 피워
포옹으로 열매 맺는 것.

사랑은
순수한 떨림
무지개로 다리 놓아
멀리서도 가까이서도
서로의 숨결을 느껴 보는 것

사랑은
살며시 고개 숙인
해바라기로 감사하고
치솟는 불꽃으로
바라만 보아도 황홀한 것

사랑하면
얼굴 붉은 장미꽃
가슴은 불타는 용광로
마음은 푸른 바다,
세상은
아름다움으로 멈춰 버린다.

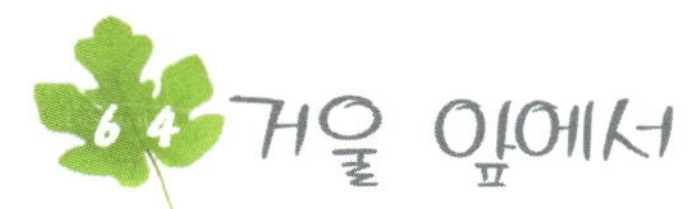 **거울 앞에서**

거울 앞에 앉으면
추억은 소녀의 미소로 피어나고
빛나던 눈동자는
깊은 밤 뛰는 가슴으로
혼자서도 행복했건만
이제는
짙어진 화장법으로도
꽃으로 피어나기에는
영영 멀어지는 아픔으로만 남는다.

파운데이션 꼭 찍어
물매암이 그려보고
립스틱 꼭 눌러
장미꽃을 그려보아도
늘 나타나는 것은
젊은 날의 허상일 뿐
마음속에 소녀 세월이
거울 앞에선 살같이 지나간다.

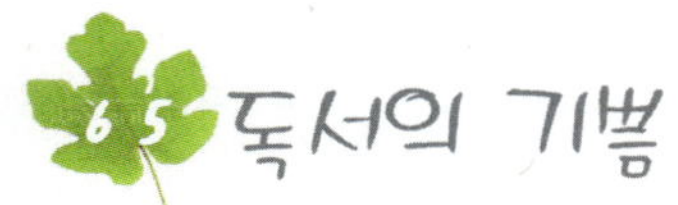

65 독서의 기쁨

독서는
우리의 나이를
묻지 않는다.

독서는
우리의 신분도
묻지 않는다.

독서는
때로는
천진난만한 동심으로
때로는
무한한 예술의 경지로 이끄는
영원한 기쁨이다.

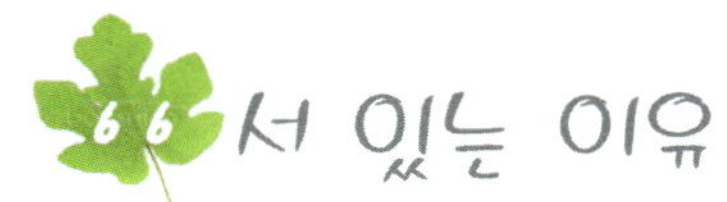 서 있는 이유

솔바람은
솔숲에서
휘파람 불고.

산골짜기
안개구름은
실비단 짜고.

시냇물은
강물 따라
바다로 가고.

산새는
산이 좋아
산에서 살고.

나는
그게 좋아
그냥 서 있다.

길

밤이나 낮이나
혼자 가는 길
자며 세며 가는 길
너무 멀어서
가는 길에
꽃도 보고
강물도 보고,
느린 걸음
혼자서 재촉해 봐도
가도 가도 길 끝은
보이지 않고
발걸음만 세월 따라
무거워진다.

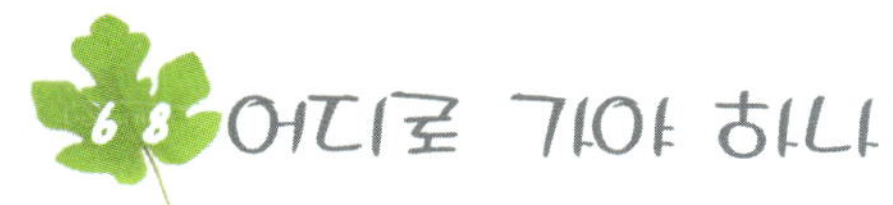

68 어디로 가야 하나

꽃은 피고
봄바람은 부는데
난
어디로 가야 하나

아지랑이 언덕에
황소가 울고
어둠 깔린 산자락에
두견이가 우는데
난
어디로 가야 하나

수평선 위에 흰 구름 솟고
바다 위에 갈매기 나는데
난
어디로 가야 하나

솟아오르는 태양을 보고도
기우는 달을 보고도
방향 감각을 잃어버린
난
어디로 가야 하나.

 술과 입술

술은 차가워야
제맛이고,
입술은
뜨거워야
제맛이란다.

술에 취하면
망령이 들고,
입술에 취하면
사랑을 얻는다.

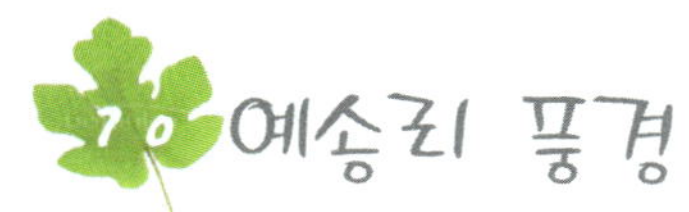

예송리 풍경

처마 끝 마주 대고
옹기종기 모여 사는
예송리는 고향 같다.

푸른 동백 나무새로
포롱포롱 동박새 날고
휘늘어진 솔숲에선
뱁새 떼 합창소리.

해안선 검은 조약돌 밭
발바닥을 간지럼 태우는데
물결 파란 바다 위엔
검은 섬들이 한가롭다.

*예송리: 완도 보길도에 있는 그림 같은 마을

기다림

반달 같은 송편 곱게 빚어
청솔가지 꺾어 가마솥에 물씬 쪄
광주리 받쳐 시렁에 올려놓고
사립문 바라보다 해가 저문다.

곱게 바른 창에 어리는 달빛은
기다림 속에 나무 그림자 지워 버리고
나팔귀 만들어 인적을 기다리며
식어 가는 된장국 다시 데우는 정
설레는 마음 달랠 길 없어
문지방 넘어 마루에 나와
고부랑 허리 길게 발돋움하고
기다림이 변하여 한숨이 된다.

풀벌레 소리마저 그쳐 버린 밤
물먹은 달님이 부끄러워
고개 숙이면
흰 고무신에 떨어지는
힘없는 물방울
목말라 애태우는 하얀 가슴에
무수히 스러져 가는 발자국 소리.

 소리

그 소리
우리에게 희망을 준다면
한밤중에라도 좋다.

희미한 불빛 길게 끌며
둔탁하게 달리는 군용 트럭 소리
탱크의 몸부림.

밤중에 조명탄 날려
대낮같이 밝게 하고
멀리서 들리는 대포 소리
콩 튀듯 들리는 소총 소리.

이산가족의 아픔을 달래고
통일 조국 열리는
몸부림이라면
내 설치는 잠을 투정하지 않고
그 소리와 함께 흘러내리는
피와 땀의 진실함을 알고
스스로 몸을 낮추며
두 손을 모아 본다.

까치의 죽음

뻥 소리와 함께
까치 세 마리가
땅에 떨어졌다.
고압선에 닿아
감전된 까치.

두 마리는 즉사하고
나머지 한 마리는
날개깃이 모두 타 버렸다.
사랑의 삼각 짝짓기가
죽음을 불러일으켰나 보다.

사랑도
욕심도
너무 지나치면
생명까지도 잃는다는
교훈을 남기고
한순간에 끝나 버린
까치의 죽음.

낚시터의 아침

동쪽 하늘 여명이
어두움을 밀어낼 때
부옇게 피어오르는
아침 안개는
산허리 동강 내어
하늘에 동양화 그리고
골바람 따라 산새들
아침 노래하면
간밤의 피곤함마저
하늘로 오르는
호숫가의 아침이어라.

고요히 밀려오는 밝음 속에
하나, 둘,
사라져 가는 별을 헤며
공해로 찌든 마음을
심호흡으로 씻어 낼 때
장렬한 불볕 안고
솟아오른 아침 해,

창

빈 하늘
회색빛 가장자리에
고요히 퍼져가는
새벽 종소리
늘어진 실버들이
어둠을 쓸어내는
우물가 샘터엔
두레박으로 사랑 퍼 담는
아낙들의 웃음소리.

나의 작은 창엔
비바람 쉬었다 가고
흐린 날에는
하얀 눈송이 멈추었다 가는데
벌 나비 계절은 오는 듯 가는 구나

이제는 해묵은
마음의 창을 닦아야 할까 보다.

 어느 봄날

연분홍 그리움이
진달래로 피는 봄날
남녘에서 온 봄바람은
마른나무 가지마다
연둣빛 물들이고,
뒤뜰의 살구나무
참았던 웃음 터뜨린다.

양지쪽 왕방울 눈 황소는
엉덩이 똥 딱지 드러 내놓고
되새김을 즐기고 있다.

산비탈 사래 긴 밭엔
아지랑이 피어오르고
한가한 숲 속에선
뻐꾸기 노래가 자지러진다,

 밤

노을은
태양의 뜨거운 삶을
안식의 보료 위에 눕히고
어둠으로부터 오는 고독은
호젓이 잠재운다.

꽃들은
창문도 못 닫은 채
사랑의 밀어를 나누는데
해맑은 이슬방울이
갈증을 닦아낸다.

밤은
고요 속에 생명을 잉태하고
달빛 타고 흐르는
은하수의 침묵 속에
여명을 향해 달려가고 있다.

우정

당신은
내 마음속에
자리잡은
영원한 씨앗.

이슬 머금고
피어나는 한 송이의 들장미

날마다 사랑의
대화 속에서
너를 가꾼다.

너는 나의 기쁨이 되고
나는 너의 기쁨이 되고

세월이 흘러 젊은 날에
추억을 노래할 때
두레박의 샘물같이
갈증 난 우리 마음을
적셔 주리니,
우리는 영원한 우정을
노래할 수 있으리라.

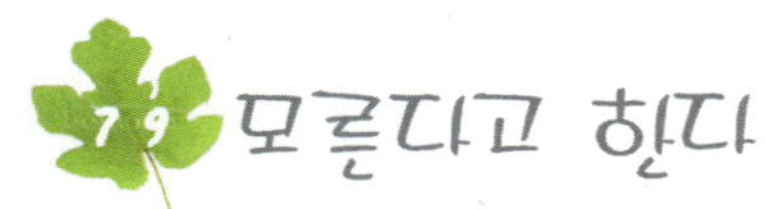

모른다고 한다

개구리는 올챙이를
모른다고 한다.
호랑나비도 뿔난 왕애벌레를
모른다고 한다.
매미도 땅을 뒤지는 굼벵이를
전혀 모른다고 한다.
심지어 피를 빨아먹는 모기마저도
장구벌레를 모른다고 한다.

이래서
세상은
요지경 속이 아닌가.

봄의 서곡

마른나무 가지가
기지개를 켜면
산골의 잔설은
시냇물을 깨우고
문틈으로 들어온
아침 햇살이의
겨울의 넋두리.

텃밭에 나온 수탉은
고개를 기웃기웃
봄을 찾고,

종자를 고르시던
할머니께서
널따란 키로
봄바람을 일으키고 있었다.

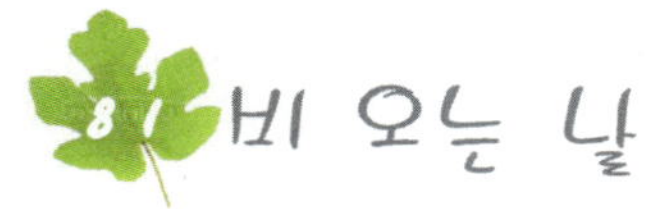

비 오는 날

낙엽 같은 세월을 뒤적여 보면
돌아설 수 없는 그리움이 있습니다.
결실이 없는 눈물이 있습니다.

허황된 꿈같은 건 생각지도 않고
흘린 땀 닦아내며 살아왔는데
부끄럽고 후회스런 과거만 남고
세상의 변두리로 밀려 선 오늘
겨울바람이 살을 에며 달아납니다.

고추 값은 내려가고
전세 값은 올라가고
'하나 더하기 하나는 둘
둘 나누기 둘은 하나일까요?'
고지식한 샌님은 칠판 아래 서서
아라비아 숫자만 가르치고 있다.

82 거울 앞에서

당신의 얼굴에
무허가 건물이 들어설 때마다
두려움보다 슬픔이 앞섭니다.
당신의 얼굴을 보면
내 모습이 보이니까요.

세월의 계단을
오르고 또 오르지만
보이는 것은
지난날의 추억만이
파도 되어 밀려옵니다.

지금도 마음엔
책가방을 든 아이가 사는데
지금도 마음엔
꽃이 피고 새가 우는데
거울 앞에선 내 모습이
부끄러워 고개를 돌립니다.

83 제자리 찾기 어려운 세상

가만히 두면 제 갈 길을 가는데
비바람이 불어도 견디어 내는데
돌을 던져 놓고 파문을 보고 웃는다.

서로의 만남이 없었더라면
원망하는 미움은 없었을 텐데
만남의 횟수가 많아질수록
가까이하기엔 두려운 존재.

노을빛에 잠든 징검다리 되어
풀벌레 소리 들으며 살자 했는데
세상의 돌부리에 넘어져 운다
가만히 두면 호수인 것을
돌을 던져 절망케 한다.
내 뜻과 다른 세상일은
그렇게 그렇게 흘러간다.

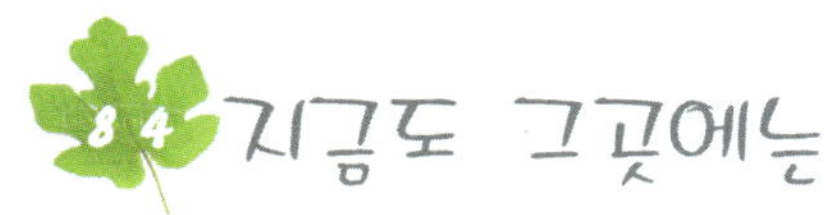 

84 지금도 그곳에는

돌아갈 길도 없고 지름길도 없지만
세월이 가면 갈수록 그리워지는 것은
그곳엔
올바른 삶의 길이 있었기 때문이다.

누구에겐들 추억이 없었을까 보냐?
누구에겐들 눈물이 없었을까 보냐?
그땐
아름다움을 모르고 지내다가
얼굴에 주름살 늘어가고
타향살이에 지쳐 울 때
어머니 품속 같은 그곳을 그리워한다.

솜털 뽀얀 단발머리 소녀들은
지금도 깔깔거리며
내 가슴을 뜨겁게 하고
골목길 개구쟁이들
떠드는 소리가
정다움으로 들려온다.

85 시골 밤 풍경

내 어릴 적
여름밤의 꿈은
은하수 별밭에서 왔다.

멍석 깔린 마당엔
모깃불 향기 가득하고
할머니의 옛날이야기는
효자는 호랑이 타고 신이 나고
날개 옷 잃은 선녀님은
안타까워 발 구르지만,
동아줄을 타고
하늘로 오르는
오누이는 행복했다.

쏟아지는 별빛 아래
반딧불 춤을 추고
초가지붕 박꽃은
별빛 받아 수를 놓고,
무논의 개구리 노래
평화로움 그 자체이었다.

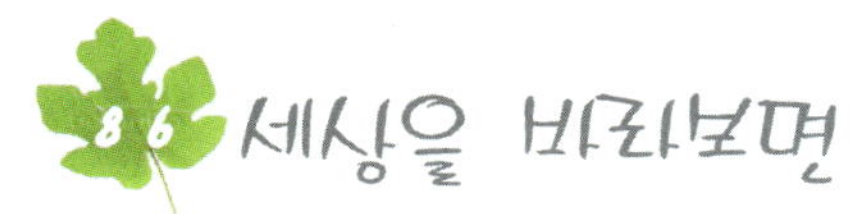 

86 세상을 바라보면

밤은 밤으로 이어지길 원하나
낮이라는 강이 있어
평화로움이 있고,
낮은 낮으로만 이어지길 바라나
밤이라는 바다가 있어
활기에 넘친다.

밤과 낮은 언어가 달라도
영원한 순리로 이어가고,

아침마다 돋는 태양은
신랑을 만난 신부처럼
생기가 넘친다.

밤은 고요 속에
평화를 잉태하고
희망이 있어 어둠이 두렵지 않다.

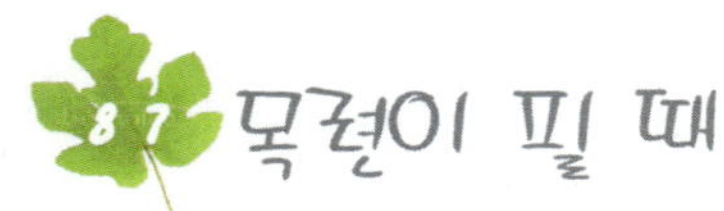

목련이 필 때

햇살 고운 사월의 하늘 아래
함박꽃 웃음으로도 부족하여
하얀 속살 다 드러내놓고도
부끄럼 없는 순백의 그리움.

따사로운 한낮
연둣빛 이파리 간질이는
봄바람 끝자락 붙잡고
실성한 여인처럼 혼자서
웃어대도 걸림돌 없는
꽃의 계절
사월은 사랑이어라

무심코 바라보는
물기 어린 눈가에는
그리움 가득하고
지나온 발 걸음걸음이
꽃그늘 속에 흔들리고
그날의 빛바랜 언어를
아무럼 흉보면 어떠랴
바라보아 싫증나지 않는
그 자태
무지갯빛 아픔
4월은 진정 목련이
있어 아름다워라.

88 바다로 가면

마음이 무거울 때
바다로 나가면
세상의 잔상은 멀어져 간다.

파란 하늘에 구름 한 점
내 마음속엔 그리움 한 점
밀려오는 파도와 대화를 나누면
몸도 마음도 파도가 된다.

불 지핀 온들 갯바위 틈에
덕지덕지 엉겨 붙은 그리움 속에
낯익은 검은 얼굴들이
파도 타고 달려온다.

언제라도 반기는
모래밭에선
조가비 빈 껍질에서도
고향의 소리가 들린다.

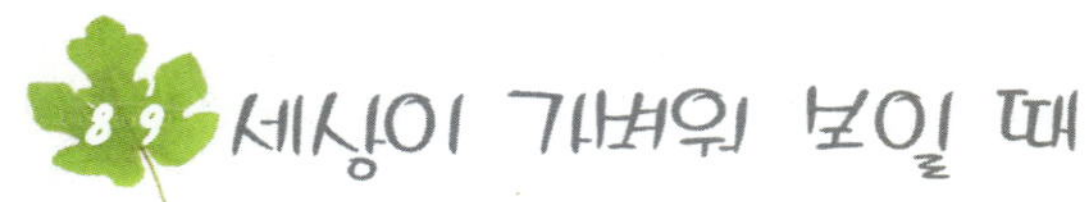

89 세상이 가벼워 보일 때

만조의 바닷물이 썰물로 밀려 나가고
개펄 위에 꽃게들이 옆 걸음질 할 때

바람 없는 하늘에
흰 뭉게구름 한 짝이
내 가슴을 밀어 올릴 때
게는 바닷물이 밀려갈 때 삶을 느끼지만
나는 뭉게구름이 밀려 올 때
평화를 느낀다.
하늘이 낮아 보일 때
나는 한 단계 성숙한다.

강에는 강물만이 있는 것이 아니다.
강물 속에는 어머니의 파란 세월이 흐르고
나의 작은 발자국이 숨어 있다.
강물은 역사를 싣고 가는 수레바퀴이다.

제일이 아니어도
슬퍼하는 사람이 있다.
그리워할 것도 아닌데
자꾸만 그리워질 때가 있다.

팽팽한 긴장감
모두가 "예"라고 할 때
"아니요"
하고 외치는 바보 같은 사람이 있다.
빗물에 휩쓸리고
바람에 휘날리고
쭉정이로 안주할 수 없어
침묵으로 돌아앉은 바위가 된다.
바다 가운데 섬 하나로 우뚝 서서
안개 걷힐 날을 기다리고 있다.

파문은 잔잔해짐을 전제로 한다

어릴 적 심심할 때면
연못에 '퐁당퐁당' 돌을 던지곤 했다.
그런데 그 동그라미 파문은
잔잔해짐으로
본연의 모습으로 돌아가곤 했다.

들녘의 미소

파란들 곳곳마다
끼리끼리 둘러앉아
티 없이 맑은 마음
푸른 가슴 열어 놓고
들녘은 소금 빛 아래
밀어를 속삭인다……

산들바람 나들이에
나뭇잎은 춤을 추고
반짝이는 별빛들이
스크린을 조명하면
파란 잔디밭에서
들려오는 함성소리.

불볕더위 지난 자리
소나기 지난 후면
일제히 푸른 제복
정연히 일어서는
들녘은 고향이로세.
소리 없는 아우성.

92 풀물은 아직도

빨간 장미 덩굴 새에
하얀 찔레꽃이 구름처럼 피고
햇볕은 따갑게 지나갑니다.
아카시아 꽃잎이 진 후에야
그 흔적을 발견한 것은
너무나 큰 아쉬움입니다.
이슬을 달고 간 바람은
간밤에 내가 꾼
제비꽃의 전설을 모릅니다.
놓쳐 버린 기회를 아쉬워하는 것은
내 키보다 훨씬 커버린
갈대숲 때문입니다.
갈대는
그저 바람 따라 흔들리며
개개비 둥지 하나 머리에 이고도
행복해하지만
나는 그렇지 못합니다.
손끝에 배인 풀물이
아직도 가시지 않았는데
낙엽이 지는 걸 어떡합니까?

놓치고 난 후에야
아쉬움으로 찾아오는
나의 찬스는 지평선 넘어서
또 하나의 희망으로
힘차게 다가오고 있습니다.

93 꽃길에는

꽃은
사랑의 길에서만 피고 있었다.
나는 그 꽃길을 걸으면서도
꽃의 진실을 보지 못했다.

쓰러져 누운 꽃을
바람이 일으킬 때도
다 영글지 못한 꽃씨가
한 자락의 햇볕을 소망할 때도
나는
방관자가 되어
향기만을 생각했다.

삶이란
꽃밭을 벗어나지 못한
벌 나비다.
개미 쳇바퀴 속에서도
파란 하늘이 보고,
반짝이는 별이 보일 때는
행복은 거기에 있었다.

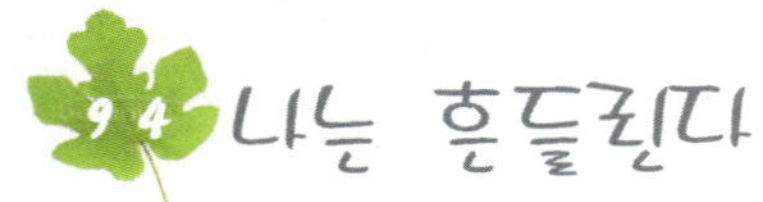

나는 흔들린다

산이 흔들린다.
앞산이 흔들린다.
뒷산이 흔들린다.
낙엽으로 불타는 산 산 산

나무들의 치열한 경쟁은
하늘인들 막을 수 있으랴
뿌리로부터 절규
시베리아 고기압이
태평양 저기압을 밀쳐 버린 오늘

누구를 탓하랴
산이 흔들리고
나무가 불타는 사연을…

그런데
내 살점 하나가
떨어져 나갔다.
그 대신 그려 놓은 건
이마에
단풍잎 하나

나도
골 붉은 감잎 따라 흔들린다.

나무이고 싶은 나는

숲 속 걷는다는 것은
기분 좋은 일이다.
꽃이 있고 나무가 있어서 좋다.
어머니 품과 같은
흙냄새가 있어 좋다.

간지러운 솔바람
코끝 스치는 향기
그걸 느낄 수 있어 행복하다.

나무는 산을 노래하고
냇물은 들녘을 리듬 친다.

계절은
멀리서 다가와서는
내 곁에서 사라져 간다.
신록의 나무들이
결실을 드러내놓으니
마음이 풍요로워 좋다.

나무는
돌보아주지 않아도
꽃으로 마음을 열고
향기로 대답을 한다.
늘 나무이고 싶은
나는
나무를 닮고 싶어서
숲 속을 걷는다.

요즈음 아이들

요즈음 아이들은
어른을 알아보지 못한다.
그래서 교육하기가
어려워진다는 말씀들.

옛날 옛날 옛적
귀틀집 움집에 살았을 적에도
요즈음 아이들
버릇이 없다고 했단다.

어른의 눈으로 보면
언제나 요즈음 아이들은
별 볼일이 없어 보인다.

그러나 어찌하랴
요즈음 아이들이 자라서
우주선을 타고 달나라에 가고
정보화 시대를 열고,
요즈음 어른들을 놀라게 하고 있으니
요즈음 아이들은
제 할 일을 하고 있음이 분명하다.

요즈음 아이들 때문에
골치 아픈 어른들
나는
골치 아픈
요즈음의 어른이다.

97 그곳에 가보면

사람의 오름의 끝은 어디일까
그곳을 향하여 오르는 사람들
부르튼 발바닥
가를 수 없는 몸뚱이
바튼 숨결 모아 쉬며
그곳을 향하여 오르고만 있다.

뒤를 돌아볼 겨를도 없다
과거를 생각해 볼 여유도 없다.
오직 올라가야 한다는 그 집념
그것뿐이다.

인생을 담보로 하여
그곳에 오르면
기쁨이 하늘을 치솟고
팔다리에 잃었던 힘이 솟구친다.
그렇지만
그 기쁨도 잠시뿐
젖은 땀이 식고
세상이 바로 보일 때
몸은 한기로 뒤덮는다.

야호 소리 몇 번 지르고
나면
허탈감이 밀려오고
그곳에서
바라본 아무것도 아닌
사람 사는 낮은 곳으로
내려가야만 한다.

인생은
오르기 위한 것만은 아닌데…

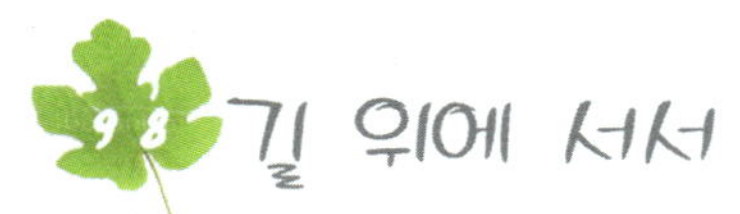 

98 길 위에 서서

세상에는 많은 길이 있다
그 길은
너무 많아서 셀 수가 없다.
길이란
그 길을 걸어가는 사람에게만
길이 된다.

길을 가다가 서면
그 길은
그것으로 끝난다.
사람은 누구나 제 길을 찾아
걸어가야만 한다.
가는 길에
산길도 만나고 가시밭길을 만나도
그 길을 헤쳐 가지 않으면
그 길은 의미가 없다.

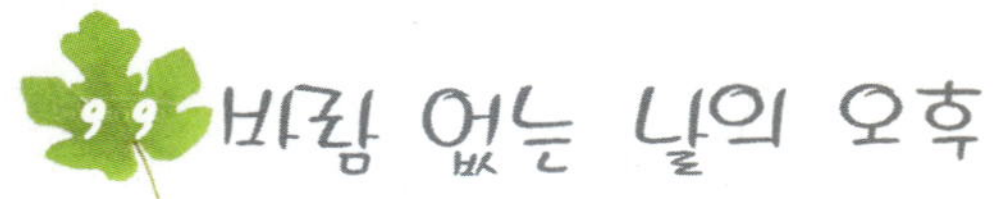

바람 없는 날의 오후

낙엽이 진다
내게 할 말이 있어서
나에게로 온다.

멀리 개 짓는 소리가 들린다.
혼자서 할 일이 없어서
짓는 게 아닐 게다.

나는 낙엽이 된다.
빛깔 퇴색된 낙엽이 된다.
날아오르지는 못해도
저 낮은 곳으로 몸을 낮추어
무서리에 귀 시린
다람쥐 이불이 돼 주는 거다.

낙화의 현기증을 느끼면서도
빚진 자들에게 손을 내밀어 본다.
나의 현기증은 물먹은 행주처럼
파열음이 없어 좋다.

환한 미소로 찾아올 그를 위해
나는 낮은 데로
길을 빗겨 서는 거다.

 등대

나는 한동안
말없이 서 있었다.
아무도 보이지 않는 등대 아래 서서
밀려오는 파도를 바라보며 서 있었다.

풀벌레 소리 멈추고
등줄기에 땀이 흐르는
전율을 느끼면서
이 자리에 온 것을 후회하고 있었다.

그 어둠 속에서 빛을 바라는
작은 소망 하나가
철썩거리는 파도 속에
묻혀 버리는 순간이었다.

그때
나는 고개를 들었다.
등대는
변함없이 빛을 바라고 있었다.
어두울수록 더 강하게.

폭풍우도 끄떡없이
제 반짝임을 멈추지 않고 있었다.

어둠 속에서 빛을 더 발하는
구원의 손길을 내미는 등대.

나는 외쳐본다.
그래
그 등대가 되어 보리라.

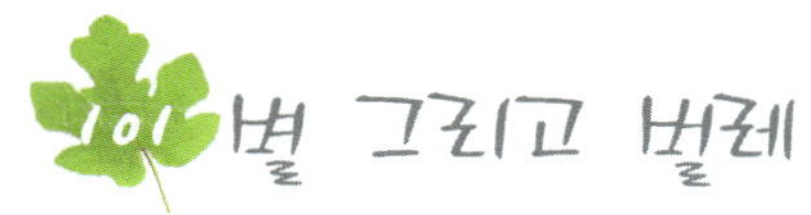 별 그리고 벌레

한동안 별을 잊고 살았다
풀벌레 소리도 잊고 살았다.

시멘트로 포장된
내 어릴 적 골목길은
어머니의 따사로운 품 안을
벗어나 있었다.

하지만
억새풀 우거진 언덕에는
그때의 그 비석이 그대로 서 있고
저녁노을 지난 어둠 깔린 하늘에는
별이 하나둘씩 돋아나기 시작했다.

허리 가느다란 코스모스가
청량한 이슬이 내리기를 기다리는 밤.

아무리 쳐다보아도 싫지 않는 밤하늘의 별
아무리 들어도 싫지 않는 풀벌레 노랫소리.

고향은 언제나 너털웃음 짓는
아버지의 슬하이다.
그곳에
호박씨 하나 심고 미소 짓고
그곳에
박씨 하나 심고 웃음 짓는
고향은 언제나 어머니 품속이다.

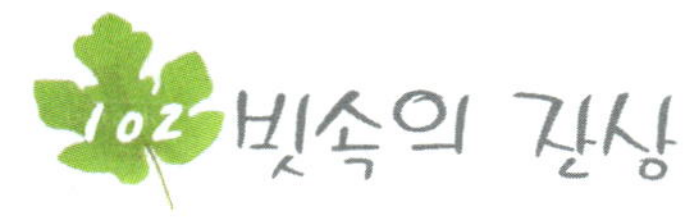 

102 빗속의 감상

후드득 후드득
떨어지는 빗방울 따라
은행잎이 한 잎 두 잎 떨어진다.

경쾌하게 부서지는
유리창문의 빗방울처럼
그렇게 수채화를 그리고 싶다.

우산 속의 두 얼굴
바라만 보아도
싱그러움이 가득하다.
빗속의 데이트
진실한 속삭임이 있어 좋다.

계절은 휘파람 불며
북녘 하늘을 향해 달려가고.
빛은 어둠을 지난 후에야
밝음을 익힌다.
가을비 우산 속에는
생명의 푸른빛이 숨어 있다.

눈물 뒤의 일

떨어지는 꽃잎을
보면 눈물이 난다.
무너지는 돌담 위에
세찬 빗줄기가 내리는
지금
꽃잎 떨어지고
가슴이 시린 사람이
장승처럼 서 있다.

세상은 안개 속에 잠들고
어미 잃은 새들은
노래인 듯 울음인 듯
울부짖는다.

꽃은 향기를 두고 갔지만
사랑은 무엇을 남기고 갔나?
지천으로 떨어지는
장미의 찢긴 눈물을 보며
다시 5월을 기다릴 수밖에…

나보다 한 걸음
앞서 가는 세월

생각하면 다음 날
또
생각하면 다음 날

그렇게
나는
다음 날을 따라
나이 들어간다.

105 지하철 박 씨

조금은 늦었다 할지라도
무거운 외투를 벗고
산골 마을 복사꽃을 구경 가자.

내가 서둘지 않아도
봄은 그렇게 찾아와서
겨우내 가슴 시린
지하철 박 씨에게 붙어 있던
신문조각이 떨어져 나가고
실눈 뜨고 살아 있음의 고마움에 대하여
이제는 그 지루한 떨림의 추위가
나와는 아무런 상관이 없는 일 같다.

수선화가 피고 진달래가 복사꽃이 피는데

새봄을 붙잡고 희망의 꽃씨 하나를
촉촉이 젖어 오는 가슴 속에 심어 두자.

올망졸망한 나의 흔적들이
때 묻은 노트를 메워 가고 있다.

공간의 여백이 활기차게 춤추던
젊은 날의 초상들이
좌, 우, 상, 하로 튀던
그날들이 그리워지는 것은
왜일까?

공간을 채우고 메워서
빈곳이 없어지면
나의 생도 끝나는 걸까?

설익은 과일을 모으던 그 시절
나는
그 새콤한 맛에도 행복했다.
그런데 지금은
완숙한 과일을 먹어도 제맛이 아니다.
지워 버릴 수 없는 나의 이력들
그것을 보고 미소 짓는
내 모습이 우습다.

난
지금
또 다른 흔적을 버릴 수가 없어서
또 하나의 흰 노트를 준비한다.

107 태풍 루사가 남긴 것

집도 길도 흔적이 없다.
논도 밭도 보이지 않는다.
황토로 자갈로 가득 메운
양지바른 정겨운 마을이
아무것도 보이지 않는다.

아들딸 장가 밑천 누렁이 황소도
농자금 채우려던 꿀꿀이도
아무런 흔적 없이 사라져 버렸다

단 하루에 870mm 집중호우
세상을 놀라게 한 루사 태풍은
2002년을 살아가는 우리에게
커다란 절망을 주고 사라져 버렸다.

불난 자리는 흔적이라도 남는다지만
홍수가 지나간 자리에는 아무것도 없다.
살아남은 사람에게 천재지변이란 말을 남기고
모든 것을 한꺼번에 가져가 버렸다.

인간이 만든 가장 큰 비극이요
인간이 막을 수 없는 가장 큰 아픔이다
허지만 우리는 일어서야 한다.

절망에서 희망으로 생각을 바꾸고
함께 힘을 모으고 지혜를 모아
이 재난을 이겨내야만 한다.

허허 웃는 저 수재민의 가슴에
한 줌의 정성으로 힘을 보태고
한 방울의 봉사의 땀으로
새 터를 함께 일구어야 한다.
우리 함께 희망으로 불씨를 지펴야 한다.

풍생고등학교 앞 사거리
신호등 대기 중
강석 이혜영이 진행하는
싱글벙글 쇼
사연을 읽던 강석이 목이 멜 때
나는 가슴이 찡하여 안경을 벗었다.

왜 눈물인가?

검은 머리 세어진 이 나이에
가난 서러움에의 눈물
어릴 적 그 시절
그럴 수밖에 없었던 삶
그러나 그런 가난 속에서도
나눔의 인정은 적지 않았다.

김밥 이야기
김 한 장에 소금 뿌리고
참기름 바른 그 김밥이
어머니로서의 할 수 있는
최고
선물임에 틀림이 없었다.

왜 눈물인가

그때의 어머님의
마음이 안타까워서인가?
가난의 서러움 때문인가?

그건 엄마의 사랑 때문이다.
경험은 감동의 끝에 있기 때문이다.

나는
가슴 뜨거운 눈물을 흘리며
그래 이게 어머님의 사랑이야
그게 바로 행복이라는 거야.
혼자서 중얼거릴 수밖에…

109 현대인의 오늘

모두가 뛰고 있다.
나도 함께 뛰고 있다.
이유는
나도 모른다.

모두가 뛰어가니
함께 뛰어갈 수밖에
때로는 헐떡거리며,
때로는 주먹을 불끈 쥐고,
머무르면 낙오자가 된다는 생각에
한 발자국도 여유 없는 사람들

끝도 시작도 없는 나날
무엇을 위해 뛰는가?
내가 뛰니까 남이 뛰는 것이 아니라
남이 뛰니까 내가 뛴다는 항변 속에
오늘도 뛰고 있는 사람들

그중에 내가 서 있다.

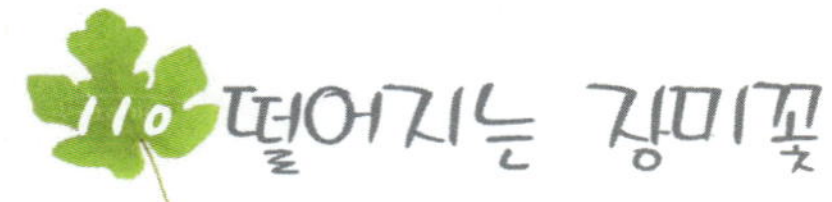

비바람에
꽃잎을 보면 눈물이 난다.
오월의 태양이 달아오르던 날
장미는 붉은 마음 드러내어
계절을 노래했다.

장미꽃 잎이
찬란한 꿈을 잃어버린 채
비를 맞고 떨어진다.
아름답던 시절
누가 장미를 미워했으랴
상처 입어 떨어지는
꽃잎을 생각인들 했으랴.

또다시
푸른 오월이 온다는
기억 속에
강물 위에 추억을 뜬다.

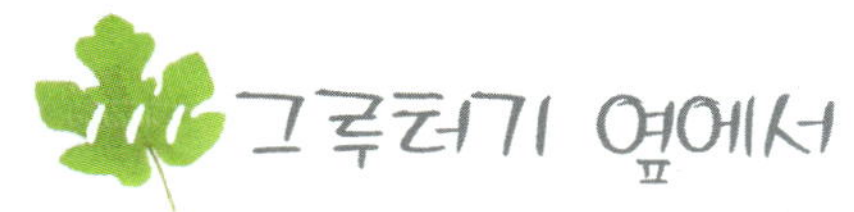 

그루터기 옆에서

먼지, 쌓인 그루터기에 앉아
오마지 않는 사람을 기다린다.
지루한 태양은 서산으로 지고,
펄럭이던 깃발도 고개를 숙인다.

검은 하늘
불꽃놀이는
찬란함으로 어둠을 죽이고
벅찬 환희도
불꽃처럼 사라져 간다.

깊은 절망으로
떨어지려는 순간
빛 한줄기가
붙잡고 깜박이다 간다.

가야 할 사람은 가야 하고
남아야 할 사람은 남아서
그루터기 빈자리에
또 하나의
씨앗을 심어야만 한다.

희망을 주자

지구는 돌고 봄은 온다.
지하철 박 씨 몸에 붙은
신문 조각이 봄볕에 떨어져 나가고
안개 낀 어둠의 눈
햇빛 한줄기 밀려든다.

따사로운 봄볕 속에
복사꽃이 피고,
배꽃이 피는데,
박 씨의 손에 호미라도 들려주자.

서로가 손을 내밀면
소망이 다가오고
꽃이 지면 열매가 있을지니.

113 단풍잎의 변

나도 여러 잎들과 똑같이
따사로운 해님의 축복을 받으며
봄바람 부는 날 태어났어.

연둣빛 옷 입고
달콤한 이슬을 먹는
그건
공평하게 주시는
하나님의 축복이었어.

나는 나무가 바라는
탐스런 열매를 맺기 위해
피나는 노력을 했어.
그런데
시간의 흐름은
나를 변화하게 했어
나의 뜻과는 전혀 다르게.

태풍이 지나고
찬 서리가 내릴 무렵
타는 저녁노을 보고
빛에 취한 듯
바람에 취한 듯
따라가고 싶어졌어.

그런데 말이야
노을이 진 뒤
그 길은
내가 가야 할 길이 아니라는 것을 깨달았어.
그래서 현기증을 느끼면서도
뿌리 쪽으로 굴러 갔어.
나의 본향은 뿌리라는 것
그리고 그게 다시 태어나는
길이란 것을 알았기 때문이지.

 행복지수

행복지수는 재물과는 관계가 없단다.
세계에서 제일 가난한 방글라데시 국민들의
행복 지수는 95%
선진국 미국의 국민 행복 지수는 45%란다.

물질이 행복의 기준이 되지 않는 것은
자연의 이치를 보아도 알 수 있는 일
오르막만 있는 산은 없다.
산이 높으면 골이 깊고
골이 깊으면 산이 높다.
높으면 높은 데로 낮으면 낮은 데로
그곳에는 기쁨과 슬픔이 있단다.

복권 40억에 당첨자들은
3년 후에 파산을 했고,
복권 80억에 당첨된 사람들은
3년 후 파멸을 했단다.
이 통계를 보면,
행복은 물질과는 별로 관계가 없단다.
사람답게 사는 것
거기에 행복이 살아 있다는 말씀이야.

나방의 실수

순간의 충돌
짜릿한 전율
찰나의 죽음
떨어지는 육체
사라지는 불빛.

두려움을 모르는
나방은
불빛의 비밀을
알고 싶었습니다.

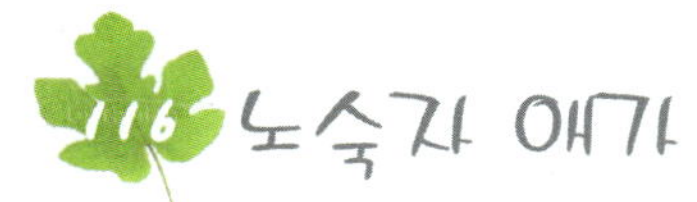 노숙자 애가

낮에는 햇볕 속에 한잠
밤에는 신문지 밑에 한잠
날개 꺾인 부엉이
노래 잃은 꾀꼬리들
산 입에 풀칠도 어려운
한가한 사람들
노숙자
왜
그렇게 되었을까?

 그림자

종일
나를 따라다니다가
지친 그림자가
나보다
먼저 눕는다.

강공원

▌약 력

저자 강공원은 '교육자료사'에서 3회 시 추천 완료하고, '새교실사'에서 동시 3회 추천 완료했으며, '시조생활사'에서 시조 신인문학상을 받았으며, 어린이 문예에서 동시 신인상을 받았습니다. 시집으로는 『내 사랑의 중심』, 동시집으로는 『동그라미 그리려다』를 출판했으며, 기타 각종 잡지에도 시와 동시를 다수 발표하고 있습니다.

시의 주제는 자연과 인간의 서정을 노래합니다. 금번에 출판하는 『조약돌의 미소』는 네 번째 시집으로 젊은 독자들에게는 희망을, 어른 독자들에게는 추억을 되돌아보게 하는 잔잔한 미소와 정감을 담고 있습니다.

초판인쇄 | 2009년 7월 20일
초판발행 | 2009년 7월 20일

지은이 | 강공원
펴낸이 | 채종준
펴낸곳 | 한국학술정보㈜
주   소 | 경기도 파주시 교하읍 문발리 파주출판문화정보산업단지 513-5
전   화 | 031) 908-3181(대표)
팩   스 | 031) 908-3189
홈페이지 | http://www.kstudy.com
E-mail | 출판사업부 publish@kstudy.com

등   록 | 제일산-115호(2000. 6. 19)
가   격 | 10,000원

ISBN   978-89-268-0171-0 03810(Paper Book)
        978-89-268-0172-7 08810(e-Book)